MRS MOCHYN A'R SÔS COCH

Mary Rayner

Trosiad gan Emily Huws

IDREF WEN

Un dydd Gwener dro byd yn ôl, pan oedd y moch bach yn ifanc iawn, aeth Mrs Mochyn allan i siopa.

Gadawodd Siw a Magi, Elin a Sera, Nel a Twm, Alun a Wil, Ben a Gari yn y tŷ gyda'u tad.

Gwthiodd Mrs Mochyn y troli ar hyd llwybrau'r
archfarchnad nes cyrraedd y silff â'r sôs coch arni.
Safodd yno ac edrych arnynt. Gwenodd. Roedd hi wedi
cael syniad. Estynnodd chwe jar anferth a'u rhoi yn y
troli. Yna, ymlaen â hi i nôl gweddill ei negesau.

Pan gyrhaeddodd hi adref, rhuthrodd y moch bach
gwynion i gyd i'w chyfarfod gan wichian yn swnllyd,

"Beth sydd gynnoch chi i ni? Beth sydd gynnoch chi
i ni?"

Brysiodd pawb ar draws ei gilydd y munud hwnnw i edrych beth oedd ganddi yn ei basged. Syrthiodd creision a bisgedi allan o'u pacedi yn llanast i'r llawr a'r moch bach yn eu sathru ac yn eu llowcio.

"Gadewch lonydd i'r rheina," meddai Mrs Mochyn gan fygwth bonclust i un neu ddau a'u hel i gyd oddi yno. Casglodd weddillion y creision a'r bisgedi.

Aeth i'r gegin i gadw'r bwyd yn ofalus yn y pantri.
Rhoddodd y sôs ar y silff uchaf gan chwerthin yn
ddistaw bach wrthi ei hun.

Beth bynnag fyddai'r bwyd a roddai hi ar y bwrdd,
byddai'r plant i gyd yn gweiddi am sôs coch efo fo; nid
yn unig efo bwyd fel pysgodyn a sglodion . . .

ond hefyd ar dôst amser brecwast,

ac efo salad amser cinio,

dros frechdan amser te,

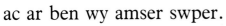

ac ar ben wy amser swper.
Roedd Mrs Mochyn wedi hen laru ar hyn.

Fe fyddai hi'n mynd i drafferth fawr i baratoi prydau bwyd blasus, ond gwichian am sôs coch a wnâi'r moch bach o hyd ac o hyd. Roedd hi wedi ceisio ei gorau glas i'w rhwystro er mwyn i'r botelaid bara am wythnos. Ond erbyn dydd Llun byddai'r botel bob amser yn wag a'r moch bach yn cwyno nes y byddai hi'n mynd i siopa eto ddydd Gwener.

"Ond rydw i'n siŵr y bydd pethau'n wahanol cyn bo hir," meddyliodd Mrs Mochyn yn hapus. Estynnodd un o'r jariau anferth a thywalltodd y sôs coch i gyd i mewn i ddysgl gawl fawr.

Yna rhoddodd hi ar y bwrdd. Gosododd y llestri'n barod
ar gyfer pawb. Doedd Mr Mochyn ddim gartref.
"Cinio'n barod!" galwodd Mrs Mochyn. Taranodd traed
y moch bach i lawr y grisiau. Gari oedd yr olaf un.

"Beth sydd yna i ginio?" holodd Wil. Cododd gaead y
ddysgl gawl i sbecian. "Beth ydi hwn?" holodd.

"Eich cinio chi," atebodd Mrs Mochyn. "Am y tro
cyntaf erioed fe gewch chi hynny fynnwch chi o sôs
coch. Dowch, dechreuwch fwyta."

Brysiodd pob mochyn bach i godi faint a fedrai o sôs
coch ar ei blât efo llwy.

"Oes yna rywbeth efo fo?" gofynnodd pawb.

"Nac oes, ddim heddiw," oedd yr ateb.

Roedd y moch bach wrth eu bodd. Doedden nhw
ddim wedi cael cymaint o sôs coch erioed yn eu bywyd.
Agorodd Mrs Mochyn jar arall er mwyn i bawb gael ail
blataid.

Roedd hi'n bnawn braf. Ar ôl cinio, allan â nhw i gyd i'r ardd i chwarae yn y pwll tywod. Fe wnaethon nhw ffordd hir i'w ceir a'u lorïau.

Tua chanol y pnawn daeth Wil ac Alun i mewn i ofyn
am fisgedi, ond roedd Mrs Mochyn wedi cau drws y
pantri. Doedd dim modd ei agor.

Erbyn amser te roedden nhw i gyd ar lwgu drachefn. Ar ganol y bwrdd roedd jar fawr yn llawn o hylif coch tywyll.

"Sôs coch eto?" gofynnodd pawb.

"Ie. Fe gewch chi fwyta hynny fynnoch chi, ac os byddwch chi'n foch bach da, efallai y cewch chi hanner tafell o fara efo fo," meddai Mrs Mochyn.

"O, ie, os gwelwch chi'n dda," meddai'r moch bach.

A chafodd pob un hanner tafell o fara.

Ar ôl te aeth pawb i wylio'r teledu.

Aeth Wil ac Alun i'r gegin drachefn i chwilio am rywbeth i'w fwyta. Ond roedd y bwyd i gyd o'r golwg yn ddiogel.

"Arhoswch tan amser swper," meddai Mrs Mochyn.

Pan aethon nhw i'r gegin amser swper roedd y deg wrth
eu bodd yn gweld sosban yn ffrwtian yn braf ar y stof.

Ond dyna i chi siom! Tywalltodd Mrs Mochyn ddeg dysglaid o hylif coch tywyll o'r sosban.

"Dyna fo'ch swper chi," meddai hi.

"A dim byd arall?" cwynodd y moch bach.

"Hanner bisgeden bob un efo'r sôs coch os byddwch chi'n foch bach da."

A hynny gawson nhw. Doedd o'n ddim hanner digon.

Aeth pawb i'r gwely yn teimlo'n llwglyd iawn.

Fore trannoeth, Siw oedd y gyntaf i godi. Roedd yr
ysgol yn ailddechrau'r diwrnod hwnnw.

Brysiodd i lawr y grisiau. Roedd arni hi eisiau llond
dysgl o greision ŷd ac efallai dysglaid o uwd hefyd. Dwy
dafell o dôst a menyn a marmalêd. . .

Agorodd ddrws y gegin, ac yno'n barod ar y bwrdd
roedd y pumed jar o sôs a deg dysgl.

Ceisiodd agor drws y pantri. Roedd o wedi'i gloi. Doedd
ar Siw ddim awydd sôs coch i frecwast. Felly, i ffwrdd â
hi i'r ysgol heb damaid o frecwast.

Pan ddaeth y lleill i lawr y grisiau a gweld beth oedd ar
y bwrdd, doedden nhw chwaith ddim yn rhyw fodlon
iawn.

"Hanner llond dysgl o greision ŷd efo'r sôs coch a dim
byd arall," meddai Mrs Mochyn wrth arllwys y creision.

Roedden nhw ar lwgu, felly bwytaodd pob un ei
frecwast er ei bod hi'n anodd iawn llyncu lympiau mawr
o greision a sôs.

Y diwrnod hwnnw, cafodd Ben a Gari sôs coch i ginio.
Roedd y lleill yn yr ysgol, ond dyna i chi sioc gawson
nhw: pan agorodd pawb eu bocs bwyd, doedd yno ddim
creision na bisgedi — dim ond brechdan sôs bob un!

"Mam, Mam! Dim rhagor o sôs coch, os gwelwch chi'n dda. Dim rhagor!" crefodd y moch bach ar ôl mynd adref. "Bwyd. Dim ond bwyd!"

Roedd Mrs Mochyn yn wên o glust i glust. "Iawn,"
addawodd. "Dim rhagor o'r jariau anferth. Dim ond
ambell botelaid fach gyffredin o bryd i'w gilydd."

Ac felly y bu.

Ond erbyn hyn roedd rhywbeth rhyfedd iawn wedi digwydd. Ar ôl bwyta'r holl sôs coch, roedd y moch bach gwynion wedi troi'n foch bach pinc. Y tro nesaf y gwelwch chi foch bach, craffwch chi arnyn nhw'n fanwl. Fe welwch chi fod eu croen yn binc o dan y blew gwyn. Felly gwyliwch, da chi. Byddwch chi'n ofalus iawn efo'r botel sôs coch yna — rhag ofn i chithau hefyd droi'n binc, binc, binc.

Y DIWEDD